山谷英雄歌集

寒流

東奥日報社

目次

歌集

寒流

不運な身体

慌しきオフィスの移転をまじへつつ五月終はりぬ病む身は懈く

まれに来て自販機の稼ぎを攫ひゆく男たとへば女衒の裔か

先どりの季あわただしくマネキンの軽羅脱がされ着せられてゆく

郭公のまた鳴きはじめ病むわれに眠りうながす声きこえくる

秋宵の宙に建つビル光芒の充ちて上半黄に透きとほる

たくはへしおのれの闇に散らしめて椿は最後の花終はりたり

みどり児を見せあふ若き母らゐて診察前の時間がはづむ

入院のための検査に配送の荷のごとくゐてながしひと日は

経営に力つくしし一年に身はとりかへしのつかぬまで病む

水槽の水たんねんに換ふるなど入院前夜の孤の濃き時間

自虐的日々むしろわれはよしとしてかへりみざりし果ての入院

身体は内ふかく病みわが意志をもはや支ふる器にあらず

堕ちるところまで堕ちるらし病み痩せて顔貌その他たちまちに老ゆ

カーテンに仕切られ六つの空間に身体不運に老若が病む

新参の入院患者のわが歩行今朝は売店に新聞を買ふ

囚人のあるいは希ひにわが似んかプラスチックの食器は嫌だ

入院の十日が過ぎて病院をひとつの街のごとくに巡る

病室に持ちこむパソコン夕暮はわが指示を待つメールひしめく

許されし一時帰宅の日も暮れてまた病室にもどらねばならず

老体のふたり切実に声にいふ病むもののために陽よながくあれ

掌に包みて汝が手を温めゐし十年以前の夜のまぼろし

すべりゆきし朝の錠剤とろとろに溶けゆくころか頻りにねむし

ひとり来しゆゑにひとりにてわが帰る退院手続きなし終へていま

退院の荷物抱へて夕駅の混雑たちまちわがもまれゆく

ベランダにありし日月にふえゐたる翳もろともに蘭をとりこむ

こんなにも種類が増えて朝夕に飲む錠剤のわかちがたきまで

今日ひと日われ母とあり母われとありて病後の休日をはる

白隠の言ありがたくよみがへるひと度死ねばもう死なぬぞや

一年に十五キロ痩せてだぶだぶの紺の背広が地下駅に立つ

身に合はずなりし一切処分してがらんどうとなるわがクロークは

食卓にのむべき薬を並べるはほまち商ひに似つつさびしむ

わが知己の鳩ら増えきて公園に通院途次の時を消しをり

通院のついでに病院八階に昼食をとり散髪をなす

玄関の泥人形の仏にも日々切実にわが祈りあり

歩み遅く乗り遅れたる電車ありしがなき病軀ただ無念にて

みづからの歌集一冊身ほとりに置きて声なく夜更けてゆく

病みながくうすくなりたる掌をならひの如く夜ごとわが揉む

わらわらと口浮かびくる金魚らに朝あさ阿片のやうな餌《ゑ》を撒く

頰杖

スーパーの特売品そこの鶏卵のパックをひとつぼくにください

風通ふ駅前広場噴水は小さき虹をくり返し生む

ベランダに吊し干さるる大根も時の恵みを積みてゐるべし

境内の石の地蔵にたてかけて日々参拝の媼らの杖

八十歳の柩かなたの闇に浮き川島喜代詩氏永眠となる

少年の孤独にも似てわが酔へば空缶蹴とばし蹴とばし帰る

霜月の畑ねんごろに均しつつけふ一年の農閑づるらし

蠅ひとつ朝みとめしが留守多きわが室に冬を越え得るや否

別荘地造成の丘に残されてシンボル・ツリーといふ孤の桜

木の上を網に覆へるところにてながく翼を病むこゑひびく

牧場を発ちしホルスタイン降る雪に声遠ざかりつひに消えたり

巧妙に展示されゐて売犬の幼きいのちまた買はれゆく

ペット店のガラスに大きく描かれゐて犬も猫にもメリー・クリスマス

夜ふかしの欠伸にいでしものなれど涙はわれを清めゆくらし

足跡の大と小とは楽しげに寄りつつゆけり新雪の朝

さつきから嚔り止まらず嚔りの間あひだに歯磨をなす

斑雪野《はだれの》の暮れゆくころにとぼとぼと丘畑越えて狐が帰る

介護士に手を引かれつつ老女らがささやかに夕べの惣菜を買ふ

頬杖をつきたるままに来る睡り歳暮机上のつかのまなれど

猫舌があふふふふふと年越の蕎麦を食ひ一切わすれてしまふ

風雪の荒ぶるひびきわが耳を離れゆきつつ眠りたるらし

椋鳥の大集団の鋭きこゑが樹上あふれて凍土に響く

星の夜をいくつ重ねて今日からは人語にぎはふ大雪像群

捨て場なく路傍に雪を日々積めば道がせばまり空が狭まる

追憶にこころぬくもり眠りしが覚めて甘美な想念を断つ

右の手に劣りて自信なき左手の存在つひの時まで然り

雪どけの雫はひかり光よりひかり生れくる三月の屋根

ながかりし降雪やうやく終はる頃ナナカマドの朱実かたちうしなふ

雪きえし街上はなやぐ花舗あれば諸国の花を地に並べ売る

黒　蟻

噴水の水の秀照りをりビル街につね強ひらるる高さをもちて

チベットに僧らは起てど東京の三月痴呆症的快晴

集団の先頭をゆく旗揺れて旅のよろこびはじまるらしき

鶴の湯をいでて美人の湯に入る業務の旅といへど楽しく

孵りたる鮭水槽に游ぎつついまだ目玉の重たき稚魚ら

千年の丘の公孫樹は萌えいでてみどりの万葉天空を覆ふ

移植後の夜毎の雨に甦りぽんぽんぽんぽんチューリップ咲く

6の字のかたちの命蝌蚪群れて6666水揺らぎだす

帰る都度花植ゑ花に言ふ祈り老病ふかき母を照らせよ

植ゑ替ふる花あたらしき苗ありてわが手歓喜の一日はたらく

農婦たる母より柴を結ぶ術口で教はり手にて教はる

暑き日は鉄橋の翳に憩ふらし浅きながれの鮭の稚魚らは

古木ゆゑ抱く闇ふかき椿あり朝あさ落花の紅蓄へて

幼子のはつ夏水の愉しさのあるばかりにて盥にあそぶ

口中に骨掘削の音ひびき人工歯根ふたつ埋めらる

こののちはわが歯たすけて朝に夜にすこやかにあれ人工歯根

放たれて三日を経しがこの池を離れぬ螢とぶことのなし

初夏のビル街たかき朝空に雲を率ゐて若き鳶をり

行軍の蟻の直進8888888888

8といふかたちの蟻は行軍す88888888

黒蟻の8の羅列が白昼の炎天直下の庭うねりゆく

夏の夜の露店の金魚らひもじきか客なきときに一斉に浮く

盆の夜の会話もいつか途絶えたり椅子にまろび寝の小さき母よ

盂蘭盆の終の西日を集めつつ塔なす古き無縁墓石群

交差路をまがるまでの間《ま》に二三回手を振り窓の母と別れつ

わが部下の百人働く図書館を機を乗り継ぎて今日廻りゆく

夜に入りてなほも続けばみづうみの水こえてくる村祭りの笛

ハチハチハチハチハチハチハチ巣を護る蜂の群れ羽火花のごとし

四《よん》四《よん》四《よん》四《よん》四《よん》四《よん》満月に山あふれでて海に向く蟹

売れずある店の鸚鵡の覚えしか教へられしかワタシヲカッテ

値崩れを待つ客多くスーパーの惣菜売場夜ごとにぎはふ

婚なさぬ手はさびしくて薬指の金の指輪は永久のまぼろし

満月光

犬猫の墓標小さく並びたち香煙ただよふ彼岸の今日は

薬臭の濃き尿なれど手短に終へて搭乗手続きを待つ

業務上秘すべきいろいろ声もたぬ言葉がわれより溢れはせぬか

蔓薔薇の宙より花びら散りつづき地に数日のくれなゐの燦

峠越えなほ走りゆく約束の明日オホーツクの町に着くまで

掌《て》に受けてチーズ食べをり最果ての牧場若き夫婦の店に

満月光に丘のコスモス揺れやまずいつか遠くにわが来てゐたり

コスモスの丘にいでたる満月光旅の終はりにわが振り仰ぐ

忘却を許さぬらしくひと妻がふた夜つづけて夢にあらはる

冷やけき時計をはめる朝々のこのいひがたき思ひは何か

散りやまぬ公孫樹黄葉に境内の地蔵菩薩の足下おぼろ

ビル街の公孫樹落葉もおのづから滅びのための風に乗るらし

芭蕉杜国つれだちゆきし旅の謎いまにわからずわからぬがよし

つね遅きわれを迎へて隣家より近づきてくる猫の鈴の音

二十四時間

爪切って半身かるく日曜の歩行者天国雑踏をゆく

枯れ果ててボヘンンバギアは倒れをり無住となりし古き出窓に

地下街の店より店に移りゆく鳩の短き夜の羽音

あたたかき地下空間に棲むゆゑにつね発情の声ふとき鳩

二十四時間この地下街にゐる鳩の採餌の他は翔ぶことのなし

それぞれに食足るらしく地下街の水場に猫と鳩らが憩ふ

地下をゆく電車にかかはりあるらしく園の噴水をりをりしぼむ

未熟児のやうにケースにねむる猫売りものなれば買はれてゆけよ

としへに瞑目つづく鑑真のこれより諸処の町めぐるといふ

日課ゆゑいでてくるらし庭芝に老人ぽつんぽつんと坐る

日の暮れて一切終はる活動かながく鐘鳴るグループホーム

対岸のグループホームの窓々に老のあかりがおぼろにともる

隣室の家族越しゆき冷えびえと人のこゑなき高層の闇

密会といふことになり駅裏の古く大きなビアレストラン

水琴窟

返り咲くつつじのひと木懸命に朱を開けど遠し秋の日

散りやまぬ公孫樹もみぢ葉おのづからひかりの暈を積むごとく積む

枝の間にとどまりゐたる黄葉かひとひら朝の降雪に落つ

横なぐりの霙をりをり中庭の水琴窟にこぼれゆくらし

いつかきつと故郷にもどるといふ嘘をいく度も言ひいく度も言ふ

昼寝してほしいままなるわが素足みぎにひだりに左に右に

夜々《よひよひ》に窓に来てゐし野良猫が降雪以後はひと度も来ず

朝床に身体すでに冷えゐしと遠き君の死今日伝へくる

古書店にゐたる年初のひとときのかかる孤独はこころを洗ふ

ふぶきふぶき轟き轟き酪農の丘の一戸は全容没す

雪は降り雪は降り降り雪は降り雪降り雪降り雪降りやまず

地方とはとりわけ北の町々の土地広大に所有して貧

ぶり返しの大雪に始発機飛ばざれば孤立してゆく二月の札幌

ネクタイを抜かんとしつつ一日の身の緊縛をひと息に解く

餌《ゑ》を撒けば鴨と白鳥川岸の雪を蹴りあふ踊りのごとく

降雪ののちの晴天天空に紺青漲り鷹を許さず

二階より見えてかがやく梢あり残り雪うすき四月となりて

三千二百回

駅前の空降りくる鳩あれば旅人われをめぐる羽音

町々の図書館訪ひゆくわが日々の搭乗すでに三千二百回

資料費の少なきゆゑに入口に募金箱置くこの図書館は

図書館の芝生に水を撒きながら今年はじめの虹を生れしむ

詩人広部英一氏逝きていく年か図書館課長のその後を知らず

テポドンの打ち終はりたる夕空を明日の会議のためにわが飛ぶ

経営会議役員昼食会営業会議月曜朝より嗄れたりこゑは

胆嚢にポリープが星座をなすといふ比喩美しき今日の診断

われとともに夜を経にしがあはあはと残月春の雲にまぎるる

新千歳あるいは羽田空港に朝食をとり夕餉をすます

空港のトイレを占めて学生の集団朝の尿ほとばしる

自らの影なくさむき勝どきの曇天朝の街上をゆく

来歴はかく短くて十返舎一九の墓が往来に建つ

旅なればわがあはれまず地下駅のホームに脚病む灰色の鳩

橋脚に潮みちきて反復の波うつ暗き音をきかしむ

操業を今日をかぎりにやめるといふ工場の朝の体操のこゑ

先へ先へ若犬あるけば蹌踉《よろ》めきて細き綱もつ老ひかれゆく

廃れたる公園の池わづかなる水奮ひあふ鴨の羽搏き

春雷の緊張にはかにほぐしつつ声のびやかに丹頂めぐる

凶くじをたかき梢にわが結ひぬ旅ゆく春の浜の稲荷に

千の墓石

廃鉱を見下ろす傾り暗々とひしめく墓石に疾風がとよむ

並びたつ石の高低をたのしまん鴉ら墓地に群れて離れず

炭鉱の山墓地深き雪きえて千の墓石みなたちあがる

駅前のアーケードの昼連鎖して商ひ閉ぢし暗がりをゆく

家族なき家増え町はすたれしと合併のちの三年をいふ

不揃ひの峡田まぶしくひかりをり堆雪とけし水を湛へて

掌《て》より掌《て》に種受けとりてひまはりの黒きを蒔きぬ幼とともに

雪捨て場の雪うづたかき扁平に札幌南区六月の雨

残りたる石山垂直に崖をなす空間こゑなき灰白の午後

足爪はかく切りがたく右足につづき左の足も深爪

繁殖の季すぎたれば野良猫のもう行くあてのある筈はなし

山墓地に梅雨つのれば葬列の後半雨にまぎれて見えず

灯にみちて夜行車発てり北方の都市のあかりを闇につらねて

捨てられて箱にかたまる猫の仔の五つの命からだ舐めあふ

杉あれば杉を巻き締め山藤の花垂直に咲きのぼりゆく

いのち継ぐものの勢ひ梅雨明けの甕にメダカの稚魚充満す

木々繁る丘の向かうに日に灼けて連なる炭鉱住宅廃墟

廃鉱の野の仏らも遊ばんか星降る宵に湧き立つ蛙鳴《あめい》

競翔の落伍鳩一羽脚環の汚れてながく公園にゐる

クロークを開けて思へばこのなかに着殺すまでに着る服ありや

青空

はるばると行くものなればためらはず空忽然と消えし燕《つばくろ》

生前にすでに見てゐし青空か生れたる蟬はためらはず翔ぶ

咲きいでて水に新しき影を置く古代蓮《はちす》のあはきくれなゐ

養魚池の水面はげしく盛りあがり自動給餌機稼動をはじむ

つつがなく脱皮終へたるミンミンを青葉の風が宙にみちびく

コカ・コーラ飲めば歓ぶ青春のわが喉憶ふしびるる喉を

どの犬も去勢されゐてマンションにあらあらしき生のいとなみあらず

落伍鳩を保護しつつゐてこの日頃しきりにわれを呼ぶ太き声

売犬の仔犬はなにもすることのなくて喰らへば即ち眠る

買はれゆく小犬ケージに残る犬交々啼きて別れを惜しむ

淡黄の月夜となりて佐太郎に問ひたきことのなほひとつあり

驟雨去りし公孫樹の間《ひま》より踊るごと無数の空がかがよひはじむ

マラソンの終盤しきりに映されて顔歪み脚の縺れるランナー

いち日の時を舐《ねぶ》るといふさまに蝸牛まだ枝を動かず

水撒けば足もとにたつ低き虹わがためのみのものをいとしむ

最果ての雲の迅さよ岬丘に立ちて晩夏の夕日を送る

はぐれたる仔羆すなはち捕へられひとに観らるる運命を持つ

観音巨体立像

虹脚のあたりおぼろに明るくて秋のはじめの石狩平野

暮れなづむ峠にふたつ立ちのこりエゾ鹿淡き月影を負ふ

信仰をすでに解かれて廃園に残る観音巨体立像

覚めやすき眠りをつむぐいち日のながし扁桃腺肥大のわれに

生日のひと日が終はり宿りたるロッジいでゆく酒ぶら下げて

吹かるるは遠く吹かれてまた充ちる路上錦繡の声をきくべし

神の樹の大公孫樹の下媼らは啄むごとく銀杏拾ふ

そしてまた牛埋めらるる累々と屍かさなる上に加へて

皮鯨の脂うましと大鍋に茄子と炒めて食へばわが足る

杖ひとつ母に贈りぬこののちの日々の歩みの恙なくあれ

寝台車に着きし稚内立喰ひの湯気を抱へて時を待つべし

鹹《しほはゆ》き屋上露天湯釧路にはよく来よく呑みよくつとめたり

女性多き夜のパーティ香水の香の鬩《せめ》ぎあふなかの二時間

満潮の時としなりておもむろに流氷群塊川遡る

窓のなき今日のホテルよ最果ての囚獄《ひとや》のごとき空間に寝ぬ

除雪車に続き排雪車列なして街は夜通し轟きやまず

祝婚のひと日の旅に遇ふ雪の雪のなかより花嫁がくる

ひとの世の道に新しく立つふたり今日より永久の愛となるべし

ポインセチヤ花舗にあふれて歳晩の街の時間が加速しはじむ

目をやすめ耳をやすめて眠らんか雪降りやみし大晦《おほつごもり》に

累日

歳旦の家事を老母《おいはは》に教はるもつね離れ住むさびしさならん

朝《あした》より焚きづめ通しの火を消して新年最初の眠りをぞ待つ

絡みしか絡まれたるか冬庭に通草猿梨あらはに黒し

とりあへず始めはビールといふ事の麦酒に少し失礼ぢやないか

老醜といはば言ふべきかの人のおこなひ遠くただ見守《まも》るのみ

独断の非を悔やむとふ消息の晩年なほかつ言を誤つ

まんまんとあかりに充ちて地吹雪の朝ゆく一番列車にゐたり

過疎の町の夜のポストに投げ入れて書信一通ねむらせておく

雪晴れの街朝たのしどの犬もひと従へてはづみつつゆく

水槽に孵りし鮭もあはれにて総身くまなく灯に透きとほる

明日会ふための別れににぎにぎしく声ふりまきて園児ら帰る

離れゆく流氷群があたらしき朝の滅びのひかりを運ぶ

咲き初めし桜の朱をかうむりて辻にかたむくふたつの地蔵

春耕の母のうしろに常のごと鶺鴒が従き椋鳥が従く

休みやすみ今年の畝をたててゆく庭の畑の母にしたがふ

わが母に月日はるけき一梃の鍬あり寡婦のひと世とともに

這ふごとく庭草引きゐる母みれば老に親しき春の黒土

三日見し三日の星にひとり住む母をたのみて帰りゆくべし

春暁の青森港に声とよみ牛降り馬降り人間が降りる

つぎつぎに首くはへられて猫の仔が春の月夜の小路をいそぐ

蕨採る大きな袋の老ふたり声はげまして草丘くだる

梅雨ふけの峡田に満ちて星空を千の蛙のこゑのぼりゆく

散りつづく牡丹の終のひとひらが梅雨末期の夜の池に落つ

応へあふものなくケージに飼はれゐて病む鶴をりをり声たかく鳴く

足もとの明るきうちに帰れといふアイヌ古老のことば身にしむ

布袋葵むらがり咲けばうかれでて甕のメダカは花を離れず

台風は昨日にすぎて蛇の死を集落のはやき流れが運ぶ

捨てられし猫の仔ならんガラス戸に体ごとすりてわが灯を覗く

夜遅く帰りきたればベランダにやはり猫ゐて声しきり鳴く

起てと言ひまだ待てといふ声のありふたつながらに熱く迫り来

拷問のかたちにきつく縛られて毛蟹は脚を忘れゆくらし

役終へてもとの巌にかへらんよ崩落やまぬ海の仏は

絵皿

心よりこころに伝ふるものあれば引継ぎ二十日の出張つづく

ひとつづつペンを蔵《しま》ひて湿りたる夜明けの前の机よりたつ

誰もをらぬオフィスに高く手を振つて退職前夜の街遠く行く

手続きの諸事一切の終はるころ若き美貌のにはかに疎し

社員みな帰りし夜のオフィスに残るゴムの木と退職者のわれ

一人ひとりに声かけ握手をなし終へて今日を限りに職退かんとす

つひの日の夜のオフィス照明を消し終へまた点けまた消して出づ

今日以後の生涯勤めることのなきわれと向きあふ夜の鏡に

たまはりし辞任記念のひとつにて絵皿の鳩は夢に翔けたり

職退きてみな不要なるものなるにネクタイ二百ワイシャツ百枚

明け渡す三ＬＤＫ空間のつやだつまでに拭き終はりたり

辞任後は携帯電話機持たずゐて便利に呼ばるる事などもなし

ヤン衆のたとへば郷里《くに》に帰りゆく喜びに似ん切なさに似ん

十三年わが励みたる札幌を旅のごとくに明日は発つべし

熱帯魚と蘭のいく種もつつがなくともに未明の海峡を越ゆ

永きながき流寓の身は帰りきてここよりほかにどこにも行かず

札幌のわが家財積みしトラックを帰郷二日の家に迎ふる

引越の荷解きしつつおそらくはひと世整理のつかぬいろいろ

噂ではさうなつてゐる辞任せし山谷何某病にしづむ

引越の残滓を燃やす裏庭に異郷四十年の生活をはる

足音

戸を開けて朝日を深く招くのも里住みながき老母のならひ

通勤の車通学の自転車音日々朝床にききて目覚むる

傘さしてゆく孤独なる足音も傘の内よりいづることなし

帰郷後のある夜思へばわが町に若き抱擁みることのなし

離職後の日々緩やかにやさしくて深き睡りをたまひたりしか

「地の少女」「ゆたか」掲げて逝きましし佐藤忠良氏を悼むしばらく

アキエさあーんと呼ばれて受診に行く母の意外に若しその身ごなしは

性愛のことはさておき肉体のよろこびうすき五十五歳

俗に言ふ男盛りは過ぎるらし身体にまたわが志のうへに

四十年ののちわれは来て直立の幹をたたへて杉山めぐる

札幌にいく度通ひ人工の歯根ふたつの治療がすすむ

失業者のうちに数へられてゐるうちにその気になつてしまふのかわれも

たまたまに向かひあへれば中年の化粧の始終見てしまひたり

サービスの珈琲を飲みあと一人の添削を急ぐ機中の夜に

売れ残る琉金一尾水草のみどりとともにわがものとなる

大公孫樹の黄葉もはや散り終はり今日より広く空あけわたす

落葉掃き終へしばかりを足音のかく浄らかに園丁あゆむ

保養地の森をいでくる女性らの額かがやく風たつ午後は

恥多きひと日なりしが夕食ののちに心は明日へと向く

家前を川ながれゆくかへり来て四方《よも》に峙つ山ある暮し

廃田につづく傾りに暗々と放棄畑の林檎樹繁る

冷やけき菊の花らも咲き終はりやうやく勤めを持たぬ日親し

さかさまに水甕ならべて一年のわが庭畑の農を今日閉づ

鈴なりの紅

蔓薔薇の蔓の行方に最後まで手を貸さずゐて立冬となる

泥つきの葱などまとめ買ひをして帰郷はじめての冬に入りゆく

一年の最短の日もきのふ過ぎ梢をわたるながき風音

老いどちの会よりもどり来し母の饒舌しばらく続くたのしさ

客よせのため残されて雪中に凍みし林檎の鈴成りの紅

出でそめし老斑思へばこののちはおのれ瀆《けが》るるのみの日月よ

犬小屋は造り終へしが犬をらずさすらひ犬などひよつこり来ぬか

その用の少なくなりて駅などの公衆電話に人影を見ず

沈黙の底にありしにひと厭ふ言葉は夢にいくたびも出づ

ありふれしことと思へど老人が老人励ます腰をかがめて

終点にバス近づきて身の上を語らふ老らも声をつつしむ

村落の空を撓めて鳴きわたる今年はじめの白鳥のこゑ

食ほそく老いゆく母よテーブルの秋の十顆は減ることのなし

こころには従ひ難き老体か真実母は身をもてあます

一年の暦やうやく尽きる頃手術の母の道につき添ふ

待合室に母とゐる間に音のなき潮のごとく充ちてゐる老

晴れわたる朝空群れなす白鳥の波動をなしてこゑすすみゆく

いち年の農を収めしもののごとふるき湯治場の湯にひたりをり

一年の慰藉のこころを弔ひて手紙ひと束雪上に燃す

降る雪に湿れる新聞歳晩の朝の寒気が差しこまれゐつ

風雪は路上にやみてわが影の踊るまで高く空晴れわたる

冬の夜の行ひひとつとくとくと明日の水を薬罐に充たす

ひとりなる心ほぐして晦日に百戸の村の共同湯にゐる

風雪

老甓《へき》の母も見るべし年明けて今日降る雪は百日の雪

みづからの影に縋るといふさまに初詣ながき階をゆく母

炉の薪にひそみて年を越えし蜂時に短く音たてて翔ぶ

風雪のやみし光にあらはれて形象あはき峡の朝雲

覚めぎはの夢ゆゑ夢に囁けるをみなにひと日支配されゐつ

をとひの大雪きのふの雪嵐つのりつのりて人殺しの雪

下ろしたる屋根雪の上に命綱解きをり凍みて重きこの綱

相ともに雪掻き終はり老母と肩見せあひてサロンパス貼る

雪おほふ林檎の国のねむるころ満月丘の上のぼりをり

旅終へて夜半に帰ればわが母のともすひとりのひとつ灯暗し

忘却を時にたのしむ母ならん昨日のことは既に忘れて

まぼろしの鬼を首尾よく追ひ出して夜ふけの室に乾く豆あり

もう一度眠りなほして明け方の夢よりこころ逃れんとする

店内のいくところにも積まれあればセール品を三つわが母が買ふ

けふわれと街にあそびて老母の夜の眠りのかく深かりし

杉森にひらめく雷はきさらぎの雪の底なる根を起こさんか

龍となり龍の悲恋の物語黒石八郎みづうみに果つ

小説の尾形光琳だらしなくまたしても愛に溺れてしまふ

雪解田に落ち籾あさる白鳥の泥に汚るる鈍重な脚

七曜に左右されざるわが暮し秋冬すぎて春へと向かふ

みとめれば即ち挙手して寄りゆくもながき勤めのならひのひとつ

右左凸凹凹凸冬すぎて鋪道朝あさ沈痛に照る

絶叫

燭の火にすがりて夜の明けしかばみな忽然と消えし東北

一瞬に万人逝けばかの世さへ行きどころなくあふれをらんか

沖合にただよふ死者らかへり来て廃墟の町に列なす柩

海を出て死者群れ歩け東北の廃墟となりし月下の町を

口口口死者ら無数の口あけて暁方の夢にいでくる

絶叫の終を思へばつづまりは口とはいのちいでゆくところ

被災地に七日がすぎてありふれし美談に終はる今日のニュースは

いまもなほ死者あらはれて判別のつかねば記号に骨ならべ置く

八百万の神を叱咤激励する神はあらずや被災地にいま

大津波襲来百日すぎし今日遠く祈りの声こもる町

さりながらさはさりながら真昼間の機中の夢にふたたび悼む

巨大津波に夜通し怯えゐたりしか連なる砂防の林の松も

辛うじて津波を凌ぎきりしもの浜に残れるこの石塊も

出来るだらう君ならできるさ死の町に吹く風を出て海を渡れよ

神々もときに未熟のことあれば被災者にいま謝りなさい

地震《なゐ》の惨大津波の修羅原発の不安とこしへに年遷りゆく

やまず止むことなき原発漏水事故無期限連鎖的日常化

何が勝ちなに負けたるや選挙後もなほしんしんと嵩なすウラン

されど未だ終はりにはあらずといふ声のひとり老女のこゑ底ごもる

もう何がなんだかわからぬことと言ふさうさ政治は昔も今も

あとがき

『寒流』は、『群星』『襤褸の神』『lilas リラ』に続く私の四冊目の歌集である。平成十九年から二十三年途中までの歌を収めて本集とした。収録数は、東奥文芸叢書の規定に従い三六〇首。札幌市での起居から北海道内及び東京巡行、頻繁な郷里への帰省における歌が多くを占めるのは、前集に通うところではあるけれど、やがて企業を離れて帰郷し、帰郷翌年の平成二十三年三月の東日本大震災に遭遇したところまでをもって構成しているのが本集の内容である。

私はいまだ少年の日に長澤一作先生に見えて以来、先生の作品と歌論にひたすら学び、厳しい作歌指導を受けてきた。先生は平成二十五年十月二十三日に八十七歳の生涯を閉じられたが、もしご存命であったならば、本集の歌を容認してくださるであろうか。後記を書きながら、いまそのことが頭から離れない。私は依然としてただ先生ひとりだけの眼を畏れている。

本集は東奥日報創刊一二五周年記念企画、東奥文芸叢書の一冊として世に出る。叢書に加えていただいたことは、望外の喜びであり身に余る光栄である。満六十歳のよい記念ともなった。企画担当者にこころから感謝を申し上げるとともに、さらなる作歌の励みとしたい。

私の歌集『寒流』が、具眼のあたらしい読者を得ることができるならば、作者としてはこれにまさる喜びはない。

平成二十七年十二月吉日

山谷英雄

著者略歴

山谷英雄（やまや　ひでお）

昭和三十年、青森県黒石市生まれ。少年時より長澤一作に師事。昭和四十八年歩道短歌会入会。昭和五十八年歩道短歌会を退会、運河の会創設に参加。昭和六十一年第一回運河賞受賞。歌集に『群星』（牧羊社　昭和六十二年）、『檻褸の神』（短歌新聞社　平成十一年）、『lilas　リラ』（短歌新聞社　平成二十三年）がある。現在、運河の会副代表。歌誌「運河」選者ならびに運営委員。昭和六十三年よりNHK学園短歌講座講師。現代歌人協会会員。

住所　〒〇三六―〇四一二
　青森県黒石市袋富田六一―八
電話　〇一七二―五四―八六二七

東奥文芸叢書　短歌28

山谷英雄歌集　寒流

発行　二〇一六（平成二十八）年四月十日
著者　山谷英雄
発行者　塩越隆雄
発行所　株式会社　東奥日報社
〒030-0180　青森市第二問屋町3丁目1番89号
電話　017―739―1539（出版部）
印刷所　東奥印刷株式会社

ISBN－978－4－88561－231－2　C0092　￥1200E

東奥日報創刊125周年記念企画

東奥文芸叢書　短歌

梅内美華子　福井　緑
工藤　邦男　福士　修二
山下　正義　工藤せい子
平井　軍治　中村　キネ
中村　道郎　佐々木久枝
道合千勢子　兼平　勉
山谷　久子　内野芙美江
斉藤　梢　秋谷まゆみ
大庭れいじ　間山　淑子
菊池みのり　吉田　晶二
寺山　修司　三ツ谷平治
横山　武夫　兼平　一子
中里茉莉子　三川　博
福士　りか　山谷　英雄
松坂かね子　鎌田　純一
（既刊は太字）

東奥文芸叢書刊行にあたって

青森県の短詩型文芸界は寺山修司、増田手古奈、成田千空をはじめ日本文学界をリードする数多くの優れた文人を輩出してきた。その流れを汲んで現代においても俳句の加藤憲曠、短歌の梅内美華子、福井緑、川柳の高田寄生木など全国レベルの作家が活躍し、その後を追うように、新進気鋭の作家が次々と現れている。

1888年（明治21年）に創刊した東奥日報社が125年の歴史の中で醸成してきた文化の土壌は、「サンデー東奥」（1929年刊）、「月刊東奥」（1939年刊）への投稿、寄稿、連載、続いて戦後まもなく開始した短歌・俳句・川柳の大会開催や「東奥歌壇」、「東奥俳壇」、「東奥柳壇」などを通じて、本州最北端という独特の風土を色濃くまとった個性豊かな文化を花開かせてきた。

二十一世紀に入り、社会情勢は大きく変貌した。景気低迷が長期化し、核家族化、高齢化がすすみ、さらには未曾有の災害を体験し、その復興も遅々として進まない状況にある。このように厳しい時代にあってこそ、人々が笑顔と元気を取り戻し、地域が再び蘇るためには「文化」の力が大きく寄与することは間違いない。

東奥日報社は、このたび創刊125周年事業として、青森県短詩型文芸の優れた作品を県内外に紹介し、文化遺産として後世に伝えるために、「東奥文芸叢書（短歌、俳句、川柳各30冊・全90冊）」を刊行することにした。「文化」の力は地域を豊かにし、世界へ通ずる。本県文芸のいっそうの興隆を願ってやまない。

平成二十六年一月

東奥日報社代表取締役社長　塩越　隆雄